FERNANDO PÉREZ AGUSTÍ

LOS MISTERIOSOS CASOS
DEL INSPECTOR CHU LIN

CASO Nº 5:

EL MISTERIO DE
LAS FLORES ESCARLATA

Prólogo

La lycoris radiata es el nombre botánico de una especie de flor perenne perteneciente a la familia amaryllidaceae, y que en su origen procede del Este de Asia, del Sureste de China y del Sur del Japón. Conocida en el Reino Unido como Magic Lily, a esta flor se la identifica en todo el mundo con un nombre más genérico y mucho más inquietante: "la flor del infierno". Debido a su singular belleza y a su intenso color rojo brillante, es utilizada habitualmente como flor ornamental. Sin embargo, por asociarse tradicionalmente a la muerte (de ahí su segundo y macabro nombre), también podemos encontrarla en los cementerios y en muchos ritos funerarios, sobre todo en los países orientales.

Cuenta la leyenda que un monje budista que se dedicaba al estudio y a la meditación, se enamoró perdidamente de una joven de dulce mirada que visitaba su templo una vez al año para honrar al dios Buda. Cuando la joven iba a emprender el camino de regreso, una repentina lluvia torrencial la obligó a buscar refugio bajo la copa de un árbol, mientras el monje la contemplaba desde el interior del templo cada vez más embelesado sin atreverse a salir en su busca. Tres meses antes de la siguiente visita anual, el monje, que languidecía de amor, enfermó gravemente y falleció tras expulsar por su boca un poco de sangre. Sus compañeros budistas le enterraron en una colina próxima al templo, y con las primeras lluvias del siguiente otoño apareció sobre su tumba una hermosa y extraña flor tan roja como la sangre del monje difunto.

A partir de entonces, en todos los templos budistas florecen cada otoño esas misteriosas flores denominadas "flores del infierno". Y aunque su extraordinaria belleza nos pueda impresionar, muchas creencias las asocian con amores desgraciados. Dicen que cada vez que un amor acaba, aparecerá una lycoris radiata en algún lugar próximo a los que fueron amantes, como mudo testimonio de la muerte de ese amor.

Otra leyenda, tristemente relacionada con la muerte física, asegura que si estás con alguien al que ya nunca más volverás a ver, no tardarás mucho en encontrar una de esas flores.

Y la más inquietante y a la vez más hermosa de todas las leyendas, es la que asegura que cuando un alma buena fallece en el transcurso del equinocio otoñal, descubrirá con facilidad la escalera hacia el cielo porque, paradójicamente, estará alfombrada con las llamadas "flores del infierno".

Capítulo 1

Otra mañana agitada

-¡Higgins, sospecho que algún malnacido debe habernos echado una maldición! ¿A usted le parece lógico que haya tanto trabajo en esta comisaría últimamente? Este mes, por ejemplo, ya se nos empiezan a amontonar los expedientes sin resolver.

-No sabría qué decirle, jefe. Yo no domino el tema de las maldiciones.

-¡Piense un poco, hombre! Primero fueron los turistas que desaparecieron en la orilla de la laguna; después, el pintor del Más Allá que casi nos tiñe de negro el pueblo entero; a continuación, el hombre lobo del bosque del pantano que se dedicaba a morder a todo el que se le ponía delante; luego, el grupo de alpinistas que nunca regresó tras intentar la ascensión al Ben MacDhui; y ahora nos toca lidiar con un asesino en serie que se ríe de nosotros dejando una de esas condenadas flores del infierno en los portales de las casas de sus próximas víctimas.

14/1/20

-Bueno, jefe: a lo mejor no se quiere reír de nosotros. Puede ser alguien a quien le gustan mucho las flores y sólo las deja para adornar los portales...

-¡Pues ese criminal podría reservar alguna flor para adornar la cabeza hueca que tiene usted! ¿Aún no se ha dado cuenta de que esas flores siempre son el anuncio de un nuevo asesinato?

-Todavía no estamos seguros, jefe. Lo de las flores podría ser una simple coincidencia.

-¿Coincidencia que se produzca un asesinato a las pocas horas de aparecer una de esas flores exóticas que los orientales relacionan con la muerte?

-¿Dice usted que los orientales relacionan esas flores con la muerte? Entonces deberíamos llamar al detective Chu Lin, jefe. Como él nació en la China, entre él y su Confucio quizá nos puedan ayudar a detener al asesino.

-¡Es que no me apetece lo más mínimo tener que recurrir nuevamente a ese petulante detective oriental! ¡Me crispa los nervios con sus proverbios y sus horrendos chistecitos!

-No sea desagradecido, jefe. Recuerde que nos ha resuelto casos muy difíciles, y que la última vez incluso nos salvó de morir despedazados por el monstruo de la gruta del Ben MacDhui.

-¡Bah! ¡Seguramente nos habríamos salvado igual sin su ayuda! Lo que me gustaría saber es por qué nos mandan siempre al mismo investigador. Tiene que haber muchos más detectives en Scotland Yard.

-Será porque al detective Chu Lin le gusta Khepenna. O será que se ha encariñado con nosotros y es él por su cuenta el que solicita venir. De todas formas, piense que más vale malo conocido que bueno por conocer.

-¡Sólo me faltaba eso! ¡Que usted también empiece con los malditos proverbios!

-Eso no era un proverbio, jefe: era un refrán.

-¿Y qué diferencia hay? ¿Eh?

-Según el detective Chu Lin, los proverbios, los refranes y las metáforas son tres cosas distintas.

-¡Me importa un comino lo que diga su querido amigo! Pero como parece que no queda más remedio, llame a Scotland Yard y pídales que nos envíen otra vez a esa insoportable mezcla de investigador, estomagante filósofo chino y pésimo payaso.

-¡A la orden jefe!

Obedeciendo el mandato de su superior, el oficial Higgins descolgó el teléfono, efectuó la llamada y, a las pocas horas, el presumido, irónico y filosófico británico de origen oriental detective Chu Lin volvía a personarse en las dependencias de la comisaría de policía de Khepenna.

-¡Buenas taldes, quelidos amigos! Pol lo que veo, palece que ya no pueden ustedes vivil sin mí, ¿eh?

-Las que ya no pueden vivir, porque han pasado a mejor vida, son las pobres víctimas asesinadas por un desconocido psicópata que ha decidido instalarse en nuestro pueblo.

-Señol Campbell, no debelía plejuzgal a la gente tan a la ligela. ¿Cómo sabe que es un psicópata si dice que aún no le conoce?

-¡Porque a ninguna persona en su sano juicio se le ocurre dejar una flor frente a la puerta de su futura víctima antes de asesinarla!

-Tiene usted razón, jefe: ese chiflado lo hace al revés. Lo lógico sería dejar la flor encima del cadáver, que es lo que hacía Jack el Destripador en una película.

-¡Cállese y no diga sandeces, Higgins! ¡El que deja flores delante de las puertas está igual de pirado que el que las coloca sobre los cadáveres de sus víctimas!

-¿Pol qué no dejan ustedes de discutil? Posiblemente ese asesino esté menos loco de lo que palece y lo de las floles signifique algo que tendlemos que descublil.

-Un asesino normal nunca avisaría antes de cometer sus crímenes, así que ese criminal tiene que estar como un rebaño de cabras.

-¿Y no podlía sel una asesina en lugal de un asesino? Si todavía no le ha visto nadie, no podemos sabel si es un homble o una mujel.

-Porque las tres pobres víctimas que hemos encontrado han muerto estranguladas, lo cual implica que el criminal debe tener mucha fuerza. Una mujer no sería capaz de estrangular a nadie con tanta facilidad.

-Esa es sólo su opinión, inspectol Campbell, pelo hay mujeles muy folzudas. Aunque usted siemple clee estal en posesión de la veldad, Confucio opina que el que dice conocel todas las lespuestas es polque aún no ha hecho todas las pleguntas.

-Confucio debía ser un tío muy listo, ¿no es así, detective Chu Lin?

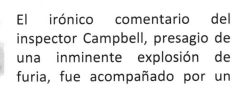

El irónico comentario del inspector Campbell, presagio de una inminente explosión de furia, fue acompañado por un ligero temblor de su mano derecha al agarrar, con no demasiado disimulo, una pesada grapadora que el previsor de Higgins se había olvidado de ocultar en un cajón, como solía hacer con todos los objetos contundentes susceptibles de ser utilizados por su malhumorado jefe para estamparlos en la cabeza del filosófico investigador cuando visitaba la comisaría de Khepenna.

-¡Contrólese, jefe! ¡Piense que su jubilación la tiene ya a la vuelta de la esquina!

Como es lógico, el prudente consejo de Higgins lo hizo en voz baja a su superior, el cual se contuvo a duras penas y, con un suspiro de resignación, volvió a dejar la grapadora sobre la mesa.

-Está usted en lo cielto, señol Campbell: Confucio ela un homble muy sabio. Él nos enseñó una nueva filosofía de la vida a la que sus discípulos llamalon confucionismo en honol a su glan maestlo, y que fue la leligión oficial de China hasta el siglo VII.

-¿Confusionismo, señor Chu Lin? Entonces no me extraña que esa religión tan confusa no pudiera pasar del siglo VII...

-¡No sea bulo, señol Higgins: a mi leligión se la denomina confucionismo, no confusionismo! La filosofía de Confucio no tiene nada de confuso: todos sus plovelbios están más clalos que el agua.

-Disculpe el error del oficial Higgins, señor Chu Lin. El pobre es un poco duro de oído y a veces hay que repetirle una palabra para que no la confunda con otra parecida.

-A plopósito de dulos de oído: ¿conocen ustedes el chiste del señol que tenía un cliado más soldo que una tapia?

- gardon wall

-Ahora mismo no caigo.

-Yo tampoco.

-Pues élase una vez un señol que tenía un cliado muy soldo llamado Albino. Un buen día el señol le llamó: "¡Albino, ven! ¡Albino, ven!". Pelo el señol glitaba y glitaba y su cliado no venía. Hasta que el señol se cansó de glital, sacó una pistola de un cajón y dispaló: "¡Pam-pam!". Y al pan, pan, Albino vino.

-¡Ja, ja, ja! ¡Ese es muy bueno, detective Chu Lin! ¿A que sí, jefe?

Por toda contestación, el inspector Campbell forzó sus labios para esbozar un remedo de sonrisa más falsa que Judas, al tiempo que dirigía hacia el investigador oriental una de sus típicas miradas asesinas mientras intentaba localizar la grapadora, la cual ya no estaba sobre la mesa porque su fiel ayudante Higgins se había apresurado a guardarla en un cajón del archivador.

-Me parece que éste no es el momento más adecuado para

bromas y proverbios. ¿No sería mejor que nos olvidáramos de sus chistes y de la filosofía de Confucio y nos pusiésemos a analizar la situación, detective Chu Lin?

✹

-Lo que yo cleo es que los consejos de Confucio y un poco de buen humol siemple ayudan a lesolvel los casos. Pelo tiene usted lazón, así que empecemos: ¿cuántos asesinatos ha habido hasta ahola?

-Ya se lo dije antes, detective: han aparecido tres mujeres, las tres estranguladas.

-Pues ahí tenemos la plimela pista, inspectol: el asesino puede sel un estlanguladol misógino.

-Según su opinión, también podría ser una estranguladora en vez de un estrangulador.

-Podlía, pelo eso selía absuldo en este caso. La misoginia es el odio a las mujeles y no palece lógico que una mujel odie a su plopio génelo.

-Esperen un momento: si fuese una asesina misógina, ¿no debería haberse estrangulado a sí misma?

-¡No diga estupideces, Higgins! ¡Nadie se puede estrangular voluntariamente a no ser que se ahorque!

 -A lo mejor se puede, jefe. Voy a probar, a ver si yo soy capaz.

✹

Haciendo alarde del encomiable espíritu de colaboración y del soberano deterioro mental que le caracterizaba, Higgins aplicó las dos manos sobre su obeso cuello y comenzó a apretar con todas sus fuerzas.

-¡Glup! ¡Graph! ¡Pfffff!

-¡La madre que le...! ¡Este tío es tan bruto que está intentando estrangularse!

-¡Pfffff! ¡Glup! ¡Graph!

-No pielda el tiempo, señol Higgins: con ese lobusto cuello es imposible que usted pueda estlangulalse.

-¡Graph! ¡Pffff! ¡Gulp!

-¡Higgins, si sigue intentando estrangularse y no lo consigue seré yo el que le estrangule!

-Vale, jefe, ya no insisto más, aunque estoy seguro de que podría llegar a hacerlo si consiguiese adelgazar un poco. El tamaño de mi cuello es demasiado grande para mis manos.

-En lugal de discutil bobadas, podlíamos centlalnos en el los polmenoles del tema que nos pleocupa.

-Hay pocas cosas en las que centrarse, detective. Siempre que ese criminal deja una flor en la puerta de una vivienda o de cualquier comercio, a las pocas horas encontramos el cadáver estrangulado de una mujer que vivía en ese edificio.

✳

-Tendlemos que montal un discleto sistema de vigilancia. Si ponemos una platulla a la puelta del edificio donde han dejado esa flol, el climinal no actualá.

-Pues si no podemos utilizar patrullas de vigilancia, ya me dirá usted qué vamos a hacer cuando aparezca la próxima flor.

-Elemental, querido Campbell: vigilal a distancia. Cuando el asesino coloque la plóxima flol, se situalán ustedes dos en la azotea del edificio de enflente con unos buenos plismáticos. Y en el momento en que le vean apalecel, me avisalán mediante un intelcomunicadol. Entonces entlalemos en esa casa y le pillalemos con las manos en la masa, digo en el cuello de una poble mujel.

-Me parece que se olvida usted de un pequeño detalle, detective Chu Lin. ¿Cómo vamos a reconocer al criminal si nunca le hemos visto?

-Eso no es ploblema, inspectol: un asesino en selie es fácil de leconocel polque se delata a sí mismo pol su palticulal manela de actual. Como dice Confucio, si comes letoños de bambú, acabalás paleciéndote al homble que los plantó.

-Que yo sepa, detective Chu Lin, los asesinos en serie no suelen comer retoños de bambú.

-¿Y cómo sabe usted lo que comen esos asesinos? ¿Eh?

-¡Ni lo sé ni me importa un pimiento! ¡Le repito que aún no hemos visto a ese psicópata, y por lo tanto, no podremos reconocerle aunque vigilemos eternamente la entrada de un edificio!

-Ustedes solo tienen que vigilal con los plismáticos pala avisalme cuando apalezca alguien en actitud sospechosa. Eso no es tan difícil, inspectol Campbell.

La discusión entre Campbell y Chu Lin se estaba prolongando inútilmente y la evidente tensión entre ellos iba en aumento, amenazando con explotar igual que el aire contenido en una olla a presión. Por fortuna, el oficial Higgins, acostumbrado a los ataques de ira de su superior, decidió que había llegado el momento de intervenir y cortó por lo sano admitiendo que aceptaban un plan que no tenía demasiado sentido.

-Haremos lo que usted dice, detective Chu Lin. ¿Cuándo quiere que empecemos?

-Ahola mismo, señol Higgins. No podemos pelmitil que asesinen a más mujeles.

-Entonces empezaremos cuanto antes.

Zanjada por fin la discusión, los tres policías decidieron distribuir por el pueblo patrullas de voluntarios dotados de intercomunicadores. Después, Campbell y Higgins, provistos con los correspondientes prismáticos, se instalaron en la azotea de un edificio a la espera de que alguna patrulla les avisase de que acababa de aparecer otra fatídica flor del infierno, precursora de un nuevo crimen del supuesto psicópata asesino.

Capítulo 2

Un plan casi perfecto

 En teoría, el plan del detective Chu Lin no debería fallar: solamente había que esperar a que apareciese otra flor del infierno a la entrada de una vivienda, y entonces situar un par de policías provistos de prismáticos en la azotea del edificio de enfrente. Cuando el psicópata regresase para continuar con su siniestro ritual, un aviso por medio del intercomunicador alertaría a la patrulla de voluntarios más cercana, la cual se supone que llegaría a tiempo de detener al criminal antes de que éste tuviese tiempo de asesinar a su desprevenida víctima.

-¡Bien, señor Higgins! Parece que nuestro amigo el psicópata asesino acaba de depositar una nueva flor a la puerta de la panadería.

-Por eso hemos subido al tejado de este edificio, ¿no, jefe?

-Exacto: desde aquí podemos ver perfectamente la fachada del comercio. Ahora no hay que perder de vista la puerta de la panadería para avisar a una patrulla en cuanto aparezca esa bestia sanguinaria.

-¿Y cómo sabremos que es él?

-Según Chu Lin, lo más probable es que sea alguien que no vive en Khepenna y adoptará todo tipo de precauciones, lo cual le delatará por su actitud sospechosa.

-Pues esa panadería la atiende una tal Martha. Su marido el panadero se va después de hacer el pan y suele regresa a última hora para ayudar a su mujer a cerrar la tienda y acompañarla hasta su casa.

-Entonces ya no hay duda: es a la panadera a quien pretende estrangular ese hijo de Satanás. Convendría no perder de vista la puerta de ese comercio ni un solo segundo.

-Procuro hacerlo, jefe; aunque en esta terraza y con estos prismáticos, disfrutamos de un maravilloso panorama. ¡Fíjese en esa bandada de golondrinas que en este instante sobrevuela el edificio de enfrente! ¿No es un hermoso espectáculo?

-¡Higgins, deje en paz a las golondrinas! ¡Acabo de decirle que no quite sus ojos ni por un momento de la puerta de esa panadería!

-No sea tan quisquilloso, jefe: enfocar con estos prismáticos la entrada de esa tienda es cuestión de medio segundo.

-¡Le advierto que como siga golondrineando, voy a hacer que se trague sus prismáticos!

-Tranquilícese, jefe: las golondrinas ya se han marchado. ¿Cree usted que volverán? Recuerdo haber leído hace tiempo un poema sobre unas oscuras golondrinas que volvían para colgar sus nidos en un balcón.

-¡Y yo le voy a colgar a usted en el tendal de esta terraza si no se concentra en vigilar la tienda!

-¡Mire, jefe: un desconocido acaba de pararse frente a la panadería y parece estar mirando con mucha atención lo que hay en el escaparate!

-¿Lo que hay en el escaparate o quién está dentro de la tienda? ¡Debe ser el psicópata! ¡Use su radioteléfono y llame a la patrulla de esa zona y al detective Chu Lin! ¡Hay que detenerle antes de que entre en el comercio y asesine a Martha!

-Pero jefe, ¿y si metemos la pata? A lo mejor ese hombre sólo está mirando el escaparate porque quiere comprar pan... ¿No sería más prudente que bajásemos a investigar?

-¡No diga estupideces, Higgins! Un cliente habitual no se detiene a mirar un escaparate en el que lo único que hay son unas tristes barras de pan. Además, ¿cómo vamos a llegar a esa tienda rápidamente? ¿Saltando en paracaídas? En este edifico no hay ascensor, así que tendremos que volver a bajar a patita los cinco pisos. Cuando consiguiésemos entrar en la panadería, la pobre Martha ya estaría muerta y requetemuerta. ¡Avise a la patrulla inmediatamente!

-No se preocupe, jefe, que es muy fácil avisarles: sólo hay que pulsar el botón de llamada de emergencia. ¡Hala, ya está!

-¡Bien, ahora bajemos los dos a la calle! Quiero estar presente si por fin logramos detener al criminal, no vaya a ser que todo el mérito de su captura se lo atribuyan a ese petulante detective de Scotland Yard.

Higgins y Campbell descendieron a toda prisa los más de cien peldaños que componían la escalera de un edificio sin ascensor y, cuando por fin llegaron a la calle con la lengua fuera, frente a la puerta de la panadería ya se encontraba el detective Chu Lin junto a los integrantes de la patrulla de voluntarios asignada a esa zona.

-¡Lo único que el asesino ha dejado a la puelta de la tienda es esa puñetela flol y dentlo tampoco se ve a nadie! ¿Dónde se hablá metido la mujel del panadelo?

En ese preciso momento, y como respuesta a la pregunta del detective, desde el interior del comercio se escuchó con angustiosa claridad un terrorífico grito femenino.

-¡Maldición, Higgins: el asesino ha debido entrar mientras nosotros bajábamos por la escalera!

-*¡Todos adentlo, lápido! ¡Ese glito plocede de la tlastienda!*

Atropellándose unos a otros en su afán por apresurarse para evitar un nuevo asesinato, el grupo de policías y voluntarios entró en tropel en la panadería e intentó abrir la puerta que comunicaba con la trastienda, hasta donde se suponía que el psicópata habría perseguido a Martha para estrangularla.

-*¡Jefe, esta puerta está cerrada por dentro! ¡Es imposible abrirla!*

-*¡Pues si no conseguimos ental plonto, el climinal asesinalá a la panadela, así que hay que delibal esa puelta aunque sea a patadas!*

La panadería de Khepenna era uno de los comercios más antiguos de ese pueblo y nunca había sido reformada. En consecuencia, la endeble puerta de acceso a la trastienda se  vino abajo con tan solo un par de empujones de la aguerrida tropa de asalto. Pero cuando el trío de policías, con Chu Lin a la cabeza, se introdujo en el obrador, quedaron petrificados por el espeluznante espectáculo que ofrecía el cuerpo sin vida de la mujer del panadero, que yacía en el suelo con los ojos desorbitados a causa de la asfixia y el terror, con el auricular del teléfono en la mano derecha agarrotada, (en un vano intento de hacer una desesperada llamada de auxilio con ese aparato que seguramente no tuvo tiempo de utilizar), y con las clásicas marcas rojas de unos dedos en el cuello, lo cual era señal inequívoca de que acababa de ser estrangulada.

Sin embargo, lo más misterioso, terrible y desconcertante del caso era que en ese pequeño recinto, con una puerta atrancada por dentro, que el grupo de policías tuvo que derribar para entrar, y con sus dos únicas ventanas herméticamente cerradas, no había el más mínimo rastro del asesino ni ninguna otra salida por la que hubiese podido escapar.

Capítulo 3

El psicópata invisible

 De regreso a la comisaría, los tres investigadores, cabizbajos y desmoralizados, aún no daban crédito al hecho de que se hubiese producido un nuevo asesinato delante de sus propias narices. Desde que escucharon el grito de agonía de la panadera, hasta que consiguieron derribar la puerta y entrar en la trastienda, sólo transcurrieron unos escasos segundos. Sin embargo, durante ese mínimo tiempo, el psicópata ejerció su tarea de verdugo y ya había desaparecido cuando los policías irrumpieron en el obrador.

-No lo complendo, inspectol Campbell. ¿Cómo demonios pudo escapal ese loco climinal? La puelta que delibamos pala podel entlal en el obladol estaba celada, y también las ventanas de esa tlastienda.

-Además, ese comercio no tiene puerta trasera.

-Quizás se escondiera dentro del horno, jefe. Los de las panaderías son muy grandes...

-¡Y su cerebro es muy pequeño, Higgins! Ya examinamos el horno, que en ese momento estaba encendido. Esos trastos cuecen el pan a una temperatura de casi 300 grados. Si el asesino hubiera sido tan estúpido como para esconderse ahí, ahora tendríamos un psicópata a la brasa.

-De lo que no hay ninguna duda es que la panadela aún estaba viva cuando me leuní con ustedes en la entlada del comelcio; todos oímos el telible glito que ella plofilió desde la tlastienda.

-Pues entonces, si a Martha la estrangularon, no había ninguna otra salida y el criminal desapareció, eso quiere decir que nos enfrentamos a un asesino invisible.

-¿Otra vez con sus ideas estúpidas, señor Higgins? ¡Los hombres invisibles no existen!

-¿Cómo que no, jefe? Yo vi hace poco en la tele una película antigua titulada "La venganza del hombre invisible".

-¡Genial! ¡Lo vio en la tele! ¿Y cuándo ha visto usted a un hombre invisible en la vida real? ¡Los hombres invisibles sólo existen en las novelas y en las películas de ciencia ficción!

-Señol Cambell, ahola es usted el que dice tontelías. Existan o no existan, ni Higgins ni nadie selía capaz de vel a esos *hombles. Como dice Confucio, no intentes vel a un gato neglo en una habitación oscula, soble todo si en ella no hay ningún gato. Y ya que ha salido el tema: ¿saben ustedes qué animal es al mismo tiempo dos animales en uno?*

-¿Ya empezamos con los proverbios y los chistes?

-Yo, ni idea.

-Pelo si es muy fácil... Ese animal es plecisamente el gato.

-¿Y eso por qué?

-Polque es gato y alaña. ¡Ji, ji, ji!

-¡Ja, ja, ja! ¡El gato-araña! ¡Cuenta usted unos chistes desternillantes, detective Chu Lin!

 Por enésima vez, el rostro del inspector Campbell se crispó con un gesto de odio profundo, mientras dudaba entre lanzarle a la cabeza el pisapapeles al chistoso detective o al estúpido del oficial Higgins, que todavía continuaba riéndose a causa del pésimo chiste del gato-araña.

-Bueno, hablemos de cosas selias. Yo tampoco cleo en un asesino invisible; el ploblema es encontlal una explicación lógica a la desapalición del psicópata en la panadelía. La

25

única salida selía la pequeña clalaboya del techo, polque esa sí que estaba abielta.

-¡Es verdad! ¡Qué tontos hemos sido! Esa claraboya solo la cierran cuando llueve, y como hoy no ha llovido, seguro que el psicópata escapó por ahí.

-¡Aquí sólo hay un tonto, y ese es usted, Higgins! ¡Por esa claraboya no podría pasar ni su cabeza de chorlito!

-Su jefe tiene lazón, señol Higgins: a tlavés de ese tlagaluz es imposible que pueda pasal una pelsona de tamaño nolmal.

-¿Y si el psicópata fuese un enano?

-¡Claro, claro...! Ahora resulta que, según mi ayudante Higgins, el que ha asesinado a cuatro mujeres es uno de los siete enanitos de Blanca Nieves...

-Esa clalaboya está a demasiada altula pala que pueda llegal a ella un enano, señol Higgins. Además, no detectamos a nadie de esa estatula desde que nos pusimos a vigilal la entlada de la panadelía.

-¡Espere un momento, detective! Es posible que esa absurda deducción de Higgins haya dado en el clavo por pura casualidad: un enano pudo subir al tejado por la escalera de incendios e introducirse en la trastienda a través de la claraboya descolgándose mediante una cuerda; después *asesinó a Martha, trepó hasta la claraboya y huyó por los tejados llevándose la cuerda que había utilizado.*

-Buen razonamiento, señol Campbell, pelo hay una folma muy sencilla de complobal esa teolía: cuando apalezca la plóxima flol a la entlada de un comelcio o de una vivienda, embadulnalemos el piso con halina blanca. Así podlemos vel las huellas de las pisadas del asesino, sea un homble invisible o un enano que se descuelga pol las clalaboyas.

-¡Excelente plan, detective Chu Lin! Aunque tendremos que esperar hasta mañana, porque ese psicópata nunca ha cometido dos crímenes en el mismo día.

-O sea, que esta noche podré descansar en casa de mi tía Emma.

-Descansalemos todos, señol Higgins. Es de espelal que si mañana apalece otla flol del infielno, tengamos tiempo de sobla pala plepalal la tlampa halinosa a ese climinal.

Capítulo 4

Metidos en harina

La quinta flor del infierno (la que dejaron en la panadería fue la cuarta) hizo su aparición a la mañana siguiente en la  entrada de la farmacia. En esta ocasión, el clásico cartel de "cerrado" había sido sustituido por una hoja de papel autoadhesivo que servía para fijar la flor en la puerta de cristal. ¿Y por qué la flor no estaba depositada en el suelo frente a la puerta, como hasta ahora parecía ser el *modus operandi* del presunto psicópata? Por la sencilla razón de que esta vez el asesino había decidido burlarse de la policía aprovechando el papel adherente para escribir en él el siguiente mensaje: "There are still six to reach ten", lo que, como seguramente nuestros sagaces lectores habrán adivinado, corresponde a una frase en inglés británico cuya traducción es la siguiente: "Aún faltan seis para llegar a diez".

-¡Higgins, avise inmediatamente al detective Chu Lin! ¡La patrulla de vigilancia acaba de descubrir en la puerta de la farmacia una nueva flor con un mensaje del psicópata!

-¿En la puerta de qué farmacia, jefe?

-¡No haga preguntas tontas! ¿Cuál va a ser, so zoquete, si solo hay una farmacia en este pueblo?

-Vale jefe; pero aunque nosotros últimamente solemos madrugar, puede que el detective esté durmiendo, porque todavía no son ni las ocho...

-¡Pues despiértele, caray! ¡Van a asesinar a la farmacéutica! ¡Tenemos que enharinar el piso de esa tienda y vigilar la entrada antes de que sea la hora de abrir la farmacia!

Dado que la farmacia abría sus puertas a las nueve, Campbell e Higgins disponían de más de una hora para despertar al detective y preparar la trampa con el par de sacos de harina que previamente habían almacenado el día anterior en la comisaría. En consecuencia, tras recoger al investigador Chu Lin en la posada del pueblo, los tres policías se encaminaron al escenario del siguiente crimen que, si no eran capaces de evitarlo, llevaría a cabo el siniestro y desconocido asesino en serie.

Lógicamente, abrir una puerta cerrada no supuso problema alguno para la policía de Khepenna, puesto que disponía de las herramientas necesarias para acceder a cualquier edificio en caso de emergencia. Y una vez en el interior, los investigadores se dedicaron durante un buen rato a observar todos y cada uno de los recovecos de la farmacia.

A pesar de su antigüedad, la única farmacia de Khepenna ya no conservaba el encanto de las primitivas boticas porque había sido modernizada para dotarla de los adelantos propios de ese tipo de establecimientos. Las cajoneras, las estanterías, los expositores y el resto de los muebles relucían con gran brillantez mostrando una absoluta limpieza, limpieza que enseguida se transformó en guarrería cuando los tres policías empezaron a embadurnar con harina el piso de la farmacia.

-¡Jefe, estamos dejando esto hecho un verdadero asco! ¿Qué dirá Rosemary cuando llegue?

-¡Hacemos esto porque intentamos salvarle la vida! ¡Que diga misa, si quiere!

-No se preocupe, jefe que Rosemary no dirá misa. Eso solo lo hace el cura de la parroquia.

-A plopósito de culas: ¿saben ustedes el chiste del cula que entla en el confesionalio?

-Ni lo sé ni me apetece saberlo.

-Jefe, no sea grosero. ¡Cuéntelo, señor Chu Lin, cuéntelo!

-Pues lesulta que dice "hoy confesalé a todas las mujeles devotas", y entonces una de ellas le plegunta: "¿y cuándo piensa confesal a las que usamos zapatos?"

-¡Ja, ja, ja! ¡Lo he pillado, detective! ¡Algunas son mujeres de-botas y otras de-zapatos!

El rostro del inspector Campbell pasó al momento del habitual sonrosado a un intensísimo color rojo, característico de otro de sus inminentes ataques de ira. Afortunadamente, en el preciso instante en que ya se disponía a vaciar sobre la cabeza del investigador oriental el resto del contenido de un saco de harina, hizo su aparición Rosemary la farmacéutica.

-¡Por todos los santos! ¿Se puede saber qué ha pasado aquí?

-No se asuste, Rosemary: hemos preparado una trampa para atrapar al psicópata de las flores del infierno.

-¿Piensan atraparlo llenándome de porquería el suelo de esta farmacia ?

-Es que eso no es polquelía, señolita: es halina, halina de excelente calidad.

-Haga caso de Chu Lin. Después la quita, seguro, con un poco de serrín. Lo juro por mi tío Arturo. Además, para cazar a un criminal invisible, nos tiene usted que ayudar y andar lo menos posible.

-¡Maldita sea, Higgins! ¡Este no es el momento para sus estúpidos pareados!

-¡Ji, ji, ji! ¡Muy bueno, señol Higgins!

-Me parece que se olvidan ustedes de un pequeño detalle: en cuanto empiecen a entrar mis clientes para comprar medicinas, la harina del suelo se la van a llevar pegada a la suela de sus zapatos.

-¿Quién va a entrar hoy en su farmacia? ¿Es que no ha visto la flor del infierno que el asesino ha colocado en el cristal de la puerta junto a una nota avisando de sus intenciones?

-Nadie entlalá hoy en esta falmacia sabiendo que es el establecimiento elegido pol un psicópata para asesinal a su plóxima víctima.

-¿Acaso van a utilizarme como cebo? ¡Si piensan que voy a quedarme aquí yo sola esperando a que me estrangule ese asesino, es que están ustedes mucho más locos que él!

-Tranquilícese, mujer: hemos registrado a fondo toda la farmacia, incluso la rebotica, y no hay el menor rastro de esa bestia sanguinaria.

-Tampoco hay tlagaluces, ni ventanas, ni salida tlasela. Excepto la puelta de la entlada, el lesto de esta falmacia está helméticamente celado.

-Además, nosotros estaremos vigilando escondidos afuera. Si usted presiente algún peligro, podrá avisarnos utilizando la llamada de emergencia del intercomunicador que le vamos a dejar. Nos tendrá a su lado en cuanto pulse este botón

-No pelmitilemos que ese asesino en selie estlangule a nadie más.

-Y con un poco de suerte, pondremos punto final a la carrera de muerte de ese loco criminal.

-¿Intenta acabar conmigo, poetucho indecente? ¡Entérese de una puñetera vez que no soporto sus espantosos poemas!

Por desgracia para Higgins, dos pareados en menos de un minuto agotaron la escasa paciencia de Campbell, que le quitó el casco que le protegía, cogió el saco de harina que acababa de soltar y lo vació por completo sobre la cabeza de su sorprendido ayudante.

-¡Pffffff! ¡Glup! ¡Graph!

-¡Qué bruto es usted, inspector! ¿No ve que el pobre Higgins se está asfixiando?

-¡Graph! ¡Pffff! ¡Gulp!

-Sinceramente, me importaría un pimiento que Higgins se asfixiase, señorita, pero no caerá esa breva.

-¡Glup! ¡Graph! ¡Pfffff!

En vista de que su cara había quedado maquillada como la de un de payaso circense, Higgins se quitó de las narices el fino polvo de cereal molido que las cubría y pudo volver a respirar otra vez con normalidad.

-Tiene usted muy mal caláctel, señol Campbell. Higgins es como es y no va a cambial de manela de sel. Confucio dice que las cosas que no pueden cambialse, se deben aceptal tal y como son. Y eso también se aplica a las pelsonas.

Una vez más, Campbell se quedó mirando con cara de pocos amigos al filósofo oriental, pero en esta ocasión ni se dignó tomarse la molestia de contestarle, y ambos investigadores esperaron pacientemente a que su compañero finalizara la laboriosa tarea de desmaquillarse. Después, los tres policías salieron de la farmacia, cruzaron la calle, se situaron en la esquina de un solar vallado colindante con una entidad bancaria, desde donde podían ver con toda claridad a Rosemary tras su mostrador, y aguardaron con ansiedad los acontecimientos que, por desgracia para la farmacéutica, no tardarían en producirse.

Capítulo 5

Con la mosca tras la oreja

El relato de los cuatro asesinatos ya se había extendido por el pueblo como un reguero de pólvora; así que con el amenazador aviso fijado en la puerta de la farmacia y el efecto intimidante que debía causar una flor del infierno adherida al escaparate, es lógico que el tiempo pasara sin que ningún habitante de Khepenna se atreviese a entrar en ese establecimiento. Sin embargo, al cabo de media hora, el detective Chu Lin, que vigilaba desde lo alto de la valla con la ayuda de sus potentes prismáticos, fue el primero en dar la voz de alarma:

-¡Atención, compañelos! ¡Alguien ha debido colalse en la falmacia y Losemaly le está pelsiguiendo a escobazos!

-¡No es posible! ¡Tendríamos que haberle visto desde aquí! ¿Qué aspecto tiene ese individuo?

-Eso quisiela sabel yo; solo veo a Losemaly que palece estal espantando moscas con su escoba.

-A lo mejor no se ha colado ningún individuo, sino una mosca, y por eso la persigue a escobazos...

-¿Ya empieza con sus tonterías, Higgins? ¿Por qué va a estar Rosemary persiguiendo a una mosca?

-Puede que padezca de moscofobia, jefe.

-¡Una majadería sobre otra! Que yo sepa, es incorrecto decir "moscofobia" para referirse a la aversión a las moscas. En todo caso, sería entomofobia, que es el miedo o fobia a cualquier tipo de insecto.

-¿Se ponen ustedes a discutil soble fobias mientlas Losemaly es posible que esté luchando contla un asesino?

-Si Rosemary estuviese en peligro, habría pulsado el botón de emergencia en su intercomunicador, detective Chu Lin.

-En las selvas africanas, según lo que yo estudié, hay muchas moscas malsanas llamadas tsé-tsé...

-¡Esas no asesinan: solo producen la enfermedad del sueño! ¡Además, estamos en Escocia, y no en África, estúpido poeta!

-¡Olvídense de insectos y de pulsadoles! ¡Hay que volvel a la falmacia ahola mismo!

Sin encomendarse ni a Dios ni al Diablo, nuestros intrépidos protagonistas entraron a la carrera en la farmacia. Todo parecía normal a simple vista si exceptuamos la ausencia de Rosemary, que había abandonado su puesto detrás del mostrador, pero dejando sobre la harina vertida en el suelo unas nítidas huellas correspondientes a las pisadas de sus zapatos femeninos, huellas que finalizaban en la cortina que servía de acceso a la rebotica (zona que, como los lectores ya saben, es la parte trasera de una farmacia reservada a los empleados, y donde se almacenan los medicamentos que no están expuestos en los anaqueles de la entrada).

-¡Lápido! ¡Losemaly debe estal tlas esa coltina! ¡Vamos todos a la lebotica!

El detective Chu Lin, bastante más ágil que el torpe de Higgins y que el remolón de Campbell, fue el primero en traspasar la cortina para encontrarse con un dantesco espectáculo de evidente violencia: varias estanterías estaban volcadas con los medicamentos esparcidos por el suelo; la escoba mata-moscas arrojada contra una pared; y en el centro de la estancia, el cuerpo sin vida de Rosemary con los ojos terroríficamente abiertos, sosteniendo entre sus  agarrotadas manos el intercomunicador cuyo botón de emergencia no llegó a utilizar, y con las consabidas marcas rojizas causadas en su cuello por el sicópata asesino.

-¡Hemos vuelto a llegal talde! ¡Ya se han calgado a la falmacéutica!

-¡Es verdad! ¡Pobre Rosemary! ¡Podríamos haberla salvado!

-¡La culpa ha sido suya y solo suya, Higgins, por hacernos perder el tiempo discutiendo sobre moscas africanas!

-¿Quielen centlalse en este caso de una puñetela vez? ¡Sea de quien sea la culpa, ya no hay lemedio! Tenemos que conselval la calma e investigal qué ha podido pasal aquí!

-Lo que está muy claro es que no ha funcionado el truco de enharinar el suelo, porque no hay ninguna huella del asesino ni en la entrada ni en la rebotica; así que el que estranguló a Rosemary ha tenido que levitar para no pisar la harina.

-Pues que yo sepa, jefe, los únicos que levitan son los fantasmas y los vampiros. Y como los fantasmas son inmateriales, no les pueden hacer nada a los humanos, excepto darles un susto de muerte.

-Hasta ahora, ninguna de las cinco mujeres ha muerto de un infarto. Por lo tanto, solo nos queda suponer que el criminal tiene que ser un vampiro, y da la casualidad de que los vampiros no existen

-¿Está usted segulo de que no existen? Según dice el doctol Williams, hay celca de quince mil vampilos lepaltidos entle Inglatela, Gales y Escocia.

-¿Quién es el doctor Williams? Tengo muy buena memoria y no recuerdo haber oído hablar de ese personaje.

-¿Cómo es posible que nunca haya oído hablal del doctol

Williams? Es un famosísimo investigadol blitánico de la univelsidad de Glyndwl, en el Noldeste de Gales.

-¡No me suena su nombre en absoluto; y lo que no es posible es que usted, detective Chu Lin, dé crédito a las paparruchas de ese investigador!

-Tampoco yo cleía en los vampilos, pelo sospecho que lo que dice el doctol Williams no son papaluchas. Eso explicalía muchas cosas; pol ejemplo, el que no haya huellas del asesino, y que siemple escape antes de que nosotlos lleguemos. Los vampilos se tlansfolman a voluntad en mulciélagos, y ese pequeño animal pudo entlal en la panadelía y luego huil a tlavés de la abeltula de la clalaboya.

-¿Insinúa que ha sido un murciélago el que se coló en esta farmacia, que Rosemary le persiguió a escobazos hasta que se transformó en un vampiro, y que después de estrangularla escapó volando convertido otra vez en un murciélago?

-¡No insinúo nada, señol Campbell! ¡Lo afilmo! ¡Afilmo que los vampilos existen y que uno de ellos ya ha asesinado a cinco mujeles en este pueblo!

-¡Vaya, vaya...! Así que no era una mosca el insecto que perseguía Rosemary...! ¡Era un murciélago!

-Pero detective Chu Lin, yo tenía entendido que los vampiros no mataban a sus víctimas estrangulándolas, sino clavándole los colmillos en la garganta para chuparles la sangre.

¡Natulalmente, señol Higgins! Los vampilos nolmales matan a sus víctimas chupándoles toda la sangle. Pelo palece que éste al que nos enflentamos no es como los otlos. Obselve detenidamente las malcas que hay en el cuello de Losemaly y se dalá cuenta de que, además de las señales del estlangulamiento, también hay dos helidas plofundas, típicas de la moldedula de los colmillos de un vampilo

-Cierto, jefe: la autopsia realizada a todas las mujeres asesinadas reveló ese extraño detalle.

-O sea, que el presunto vampiro estrangula a sus víctimas y después les clava los colmillos para alimentarse con un poco de su sangre...

-O las muelde plimelo y luego las estlangula, que tanto da que da lo mismo. Como dice el glan Confucio, el olden de algunos factoles no altela el ploducto.

-Perdone, detective, pero esa frase no es de Confucio: *es una propiedad de ciertas operaciones matemáticas, según la cual, el resultado de operar con dos elementos no depende del orden en que se tomen.*

De súbito, un agudo chillido procedente del techo interrumpió lo que seguramente habría originado otra filosófica discusión: colgado boca abajo, sujetándose con sus patas a la lámpara central, un diminuto murciélago de negro pelaje desplegó las alas que hasta ese momento envolvían su cuerpo a modo de coraza protectora e inició un inesperado vuelo en zigzag hacia la salida del recinto. Los sorprendidos policías fracasaron una y otra vez en sus desesperados intentos por atraparle y, en pocos segundos, el siniestro pajarraco alcanzó la entreabierta puerta del establecimiento, saliendo por ella a gran velocidad en dirección a las alturas, perdiéndose entre las nubes que ocultaban el sol mientras sus perseguidores le veían desaparecer definitivamente.

Capítulo 6

Trampa para un demonio

El denominado caso de las flores del infierno acababa de dar un inesperado giro de 180 grados. Por desgracia, ya no consistía en atrapar a un asesino en serie como los muchos que a lo largo de la historia del crimen han acaparado las portadas de los periódicos sensacionalistas, un tipo de psicópata que casi siempre termina por caer en las redes tejidas por algún eficiente equipo policíaco. Ahora no cabía la menor duda de que el protagonista de la actual cadena de crímenes en Khepenna era un terrorífico ser de leyenda poseedor de unas habilidades muy difíciles de contrarrestar, destacando por encima de todas la de poder volar transformándose en un murciélago.

-Debemos cambial de estlategia, señoles. Los vampilos son muy astutos y no se les puede combatil con los métodos habituales.

-¿Y qué sugiere usted, detective Chu Lin?

-Solo disponemos de algo a favol pala intental acabal con ese loco: que avisa antes de asesinal a su siguiente víctima, pol lo que siemple sabemos qué casa hay que vigilal.

-Pero eso ya lo hacemos desde que advertimos que ese psicópata coloca una flor del infierno en la puerta del lugar donde va a cometer un nuevo asesinato, y hasta ahora no nos ha servido de nada.

 -Polque los vampilos son casi indetectables: apalecen de lepente conveltidos en mulciélagos, matan tlansfolmándose en vampilos y luego desapalecen pol cualquiel agujelo conveltidos otla vez en un animal voladol. Y ya que estamos con este tema, ¿a que no saben cuál es el colmo de un vampilo?

-Denos una pista, detective.

-¡Muy bien, Higgins: anímele usted encima para que nos dedique otro de sus chistes estomagantes!

-Pues el colmo de los vampilos es que no tienen colmo... ¡Tienen colmillos! ¡Ji, ji, ji!

-¡Juaaaaaaa!

En esta ocasión la Diosa Fortuna volvió a aliarse Chu Lin, porque el único objeto que Campbell tenía al alcance de la mano para estamparlo en la cabeza de detective oriental era un inofensivo paquete de hojas autoadhesivas que los policías utilizaban para fijar sus notas en el tablero mural de la comisaría.

-*¿Le ha hecho gracia esa patochada, Higgins?*

-*¡Hombre, jefe, no me diga que ese no es un chiste desternillante!*

-*Lo único desternillante es que un policía del prestigioso cuerpo de Scotland Yard pierda un tiempo precioso contando chistes estúpidos mientras un despiadado asesino en serie sigue aterrorizando a los habitantes de Khepenna.*

-*No se pleocupe, inspectol Campbell: ese vampilo tiene sus días contados. Se me acaba de oculil la folma de detectal su plesencia la plóxima vez que apalezca una flol del infielno.*

-*¡Vaya, menos mal! ¿Y se puede saber cómo piensa averiguar cuándo ha entrado ese vampiro en un edificio si se convierte en murciélago? Para detectar la presencia de un animal volador tan pequeño harían falta muchos más policías con prismáticos de los que disponemos ahora.*

-*No necesitalemos plismáticos, inspectol. Con un pal de cámalas de vigilancia dotadas de sensoles de movimiento selá suficiente. Supongo que conocelán ustedes cómo funcionan ese tipo de cámalas, ¿no?*

-*Creo que las fabrican con sensores de varios tipos: de infrarrojos, fotoeléctricos, ultrasónicos...*

-Pelfecto, señol Campbell; ya veo que está bien infolmado. Utilizalemos detectoles con lásel pala que esos layos cublan la dependencia donde estén instaladas las cámalas, y cuando alguien, sea vampilo o mulciélago, toque el layo lásel, se dispalalá la alalma y podlemos vel en los monitoles qué está sucediendo.

-He de reconocer que esa es una excelente idea, detective Chu Lin. Los sensores de rayos láser los utilizan en muchos museos para proteger durante la noche sus valiosos tesoros.

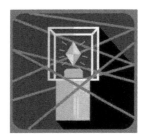 -Tiene razón, jefe: eso lo vi hace poco en una película en la que unos ladrones entraban de noche a robar en un museo y la sala principal estaba atravesada por un montón de rayos láser que no podían ni rozar si no querían que saltase la alarma.

-¡Usted se calla, Higgins! ¡Déjese de películas! Prepararemos un equipo de vigilancia con monitores en esta comisaría y en el momento en que el vampiro nos anuncie un nuevo asesinato con una de sus flores, colocaremos las cámaras con sensores láser en la tienda o en la vivienda de la futura víctima.

-¡Qué listo, jefe! ¡Así podremos vigilar cómodamente sin movernos de aquí!

-¡Le he dicho que se calle, leñe! ¡Vuelva a hablar cuando deje de reírse como un tonto con los pésimos chistes que nos cuenta el detective Chu Lin! Además, usted no va a quedarse aquí: estará en la calle vigilando con sus prismáticos para avisarnos si ve una flor del infierno en la entrada de un comercio. Esos establecimientos parecen ser el objetivo de nuestro asesino últimamente.

-Lo que usted ordene, jefe, pero ese vampiro seguro que debe conocerme. ¿Puedo ponerme mi disfraz de jirafa para vigilar sin que me reconozca? Ya sabe: es el disfraz que usé en la fiesta de Halloween hace dos años.

-¡Disfrácese de lo que le de la gana! ¡Por mí, como si se pone un disfraz de camello!

-Higgins hace bien en disflazalse, señol Campbell. El vampilo nos conoce polque hemos coincidido con él valias veces y no apalecelá si se da cuenta de que la policía le está espiando.

-¿Usted ha visto el disfraz de jirafa de este cabeza hueca? ¡Si es para troncharse! Por otra parte, con ese disfraz no podrá pasar desapercibido, porque, que yo sepa, jamás ha habido jirafas en este pueblo.

-Pero jefe, si yo no quiero pasar desapercibido... Solo quiero que el vampiro no me reconozca...

-Tlanquilo, señol Higgins: póngase su disflaz de jilafa pala vigilal al vampilo, pelo lecuelde lo que dice Confucio: un homble no debelía pleocupalse pol no sel leconocido; lo que tendlía que hacel es tlatal de hacelse digno de sel conocido.

-Ese proverbio de Confucio está muy bien, detective filósofo, aunque no creo que nos ayude a resolver este caso; así que vuelva a examinar el repertorio de su maestro y díganos si encuentra algo sobre cómo matar a un vampiro.

-No necesitalemos los consejos de Confucio pala eliminal a ese demonio cuando nos enflentemos a él , señol Campbell. A falta de una, hay cinco manelas de acabal con un vampilo: la clásica estaca de madela clavada en su pecho; leducil el vampilo a cenizas pol medio del fuego; coltal su cabeza, polque vampilo descabezado es vampilo eliminado; echal soble su féletlo una mezcla de ajos y agua bendita, lo que pelmite simplemente deshacelse del peliglo de los ataques de vampilos (suponiendo, clalo está, que encontlemos un vampilo dulmiendo dentlo de su ataúd); y las más lápida y efectiva de todas: calgal nuestlas pistolas con balas de plata y dispalal apuntando al colazón del vampilo.

-Perdone, señor Chu Lin, pero yo tenía entendido que las balas de plata solo se usaban para matar a los hombres lobo...

-¡Y a los vampilos, señol Higgins, y a los vampilos! Las balas de plata pueden matal a cualquiel vampilo, lo mismo que los cuchillos y las estacas de ese metal, que ha sido utilizado dulante siglos pala alejal a los espílitus malvados glacias a sus conocidas cualidades pulificadolas.

-Entonces ya tenemos solucionado el problema: primero, vigilaremos el pueblo hasta que aparezca una nueva flor del infierno; después instalaremos las cámaras con los sensores de movimiento en el local donde haya aparecido la flor; y por último, esperaremos a que las cámaras detecten la presencia de un murciélago o de un vampiro y salte la alarma, entraremos en el local y mataremos al vampiro disparándole balas de plata.

-Así es, señol Campbell: un plan complejo, pelo efectivo.

Como este segundo plan parecía tener mucho mejor aspecto que el de los suelos enharinados, mientras el detective oriental se dedicaba a buscar por los comercios de Khepenna cámaras con sensores de movimiento, el inspector Campbell se dispuso a preparar en la comisaría una consola con varios monitores de vigilancia que después quedaría conectada electrónicamente a las cámaras instaladas en el local donde apareciese la próxima flor.

Y mientras tanto, el diligente Higgins, embutido en su estrafalario disfraz de jirafa con sombrero, compró un

periódico en el quiosco de la esquina, se sentó en un banco de la calle principal de Khepenna, que estaba repleta de comercios, desplegó el periódico para simular que lo estaba leyendo, y utilizando unos prismáticos de la marca James Bond, comenzó a otear el horizonte con la esperanza de que pronto hiciese su aparición otra flor del infierno, siniestro heraldo de una muerte inminente.

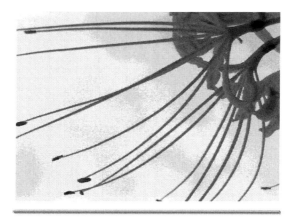

Capítulo 7

Vigilando, que es gerundio

 En contra de la optimista suposición de Campbell y Chu Lin, instalar una central de vigilancia en la comisaría no era una tarea sencilla. Los indispensables equipos de electrónica requerían la colaboración técnica de una empresa especializada, por lo que fue necesario contratar los servicios de la conocida VISULOCA (Vigile Su Local), la cual tenía sucursales en varias ciudades de Escocia, aunque no en el pequeño pueblo de Khepenna. Así que el inspector Campbell y sobre todo el detective Chu Lin, que ya había fracasado en su búsqueda de cámaras con sensores de movimiento, respiraron tranquilos cuando llegaron tres instaladores de VISULOCA provistos de todo el material necesario, cámaras incluidas.

-Sean bienvenidos a la comisaría de Khepenna, señores. ¿Qué tal les ha ido el viaje?

-Ya lo están ustedes viendo: con este tiempo de perros, hemos tenido que venir con chubasqueros y paraguas.

-Entonces no se queden ahí: pasen y pónganse cómodos.

-Proculalemos no entolpecel su tlabajo mientlas nosotlos hacemos el nuestlo.

-Y si necesitan algo, no tienen más que pedirlo.

-Hombre, ya que son ustedes tan amables, nos vendrían de perlas unas tazas de café bien cargado, porque hoy nos hemos pegado un buen madrugón y aún estamos sin desayunar.

-¡Vaya! Es una pena, pero nuestra máquina expendedora de bebidas calientes está averiada. De todas formas no se preocupen: díganle al oficial Higgins, que debe estar afuera haciendo el camello, que vaya al bar de enfrente y que les traiga un par de cafés.

-Inspectol Campbell, Higgins no se ha disflazado de camello, sino de jilafa.

-¿Y qué más da? En cuanto vean en la calle a un tío con unos prismáticos disfrazado de mamarracho, ese es Higgins.

Mientras dos de los tres técnicos se ponían manos a la obra, el tercero salió a la calle, localizó a Higgins y le pidió los cafés. Y a pesar del lógico sobresalto de los empleados del bar cuando vieron entrar en su establecimiento a una jirafa parlanchina, en poco más de una hora y tras varias de tazas de café bien cargado, los operarios de VISULOCA habían terminado de instalar en la comisaría una flamante consola de vigilancia.

-Bueno, señores: esto ya está acabado. Solo falta que nos digan donde debemos colocar las cámaras y les explicaremos cómo funciona el sistema.

-Aún no sabemos cuál es el edificio hablá que vigilal, así que tendlán ustedes que espelal a que nos avise el oficial Higgins.

-No se preocupen, que eso no tardará mucho en suceder, porque nuestro misterioso psicópata suele dejar su tarjeta de visita en el transcurso de las mañanas de los días nublados y hoy el sol brilla por su ausencia.

En el momento en que el inspector Campbell pronunciaba estas palabras premonitorias, Higgins entró a la carrera en la comisaría.

-¡Jefe, jefe! ¡Acaba de aparecer una flor en la puerta de la floristería!

-¿Ha perdido usted el último tornillo que le quedaba, señor Higgins? ¿Qué tiene de particular el que haya flores en la puerta de una floristería?

-¡Es que no es una flor cualquiera, jefe: es una de esas flores del infierno!

-¿Y por qué demonios no especificó desde un principio qué tipo de flor era esa que acaba de aparecer?

-Porque me da mucha pena que en un día de luna llena

el vampiro de Khepenna quiera matar a otra nena.

-¡La pena es que ese asesino no le mate a usted! ¡Me tiene harto con sus horrendos poemas!

-Tlanquilícese, inspectol Campbell. Lo que cole plisa ahola es que los opelalios instalen las cámalas antes de que ese climinal entle en la flolistelía.

-Higgins me saca de quicio, pero tiene usted razón, detective Chu Lin. ¡Hay que instalar las cámaras rápidamente en la floristería! Está enfrente del bar en el que entró este burro a pedir sus cafés, señores.

-¡Qué obstinado es usted, jefe: mi disfraz es de jirafa, no de camello ni de burro!

-¡Su disfraz será de jirafa, de camello o de burro, pero de lo que no me cabe la menor duda es que usted es un asno!

-Y otla cosa muy impoltante: si apaleciese un mulciélago en la flolistelía, avísennos inmediatamente y no le pelmitan que muelda a nadie.

-El sicópata no aparecerá hasta que estos señores acaben de instalar las cámaras, detective Chu Lin; solo actúa cuando su siguiente víctima se encuentra sola.

-Eso no se puede asegulal, inspectol; conviene que vigilen,

pol si acaso. Confucio dice que más vale plevenil que lamental.

-¿También dice eso Confucio, señor Chu Lin? A mí me suena a refrán popular...

-Pol si aún no lo sabe, muchos de esos leflanes los inventó Confucio, señol Higgins.

-¡Esperen, esperen! Juraría que no lo hemos entendido bien: ¿quieren que pongamos cámaras en la floristería porque en este pueblo hay un murciélago psicópata que asesina a la gente a mordiscos en los días nublados y sospechan que su próxima víctima será la florista?

-Bueno, no es así exactamente: hay un mulciélago que se tlansfolma en vampilo y vicevelsa. Ese es el psicópata que asesina moldiendo y estlangulando a sus víctimas en los días nublados.

Los alucinados operarios se miraron unos a otros dudando entre largarse con viento fresco o llamar a una ambulancia que se hiciera cargo de los tres agentes de policía y los ingresasen en un hospital siquiátrico. Finalmente llegaron a la conclusión de que su empresa les pagaba un buen sueldo por hacer esa clase de trabajos, y que si en Khepenna la gente estaba loca de remate, mucho peor para ellos. Así que mientras dos de los operarios se dirigieron a la floristería, el tercero se quedó en la comisaría para dar a los inspectores Campbell y Chu Lin las necesarias instrucciones sobre el manejo de la consola con monitores que acaban de instalar, puesto que esa pareja de locos policías debería saber utilizarla cuando colocasen cámaras de vigilancia en cualquier vivienda o establecimiento.

En menos que canta un gallo, dichas cámaras ya estaban instaladas en puntos estratégicos de la floristería y ambos inspectores habían asimilado fácilmente los rudimentos del manejo de la consola. Campbell se encontraba sentado ante los flamantes monitores con una taza de humeante café en su mano derecha, aguardando con impaciencia el sonido de la alarma que marcase el comienzo de la caza de un atípico vampiro estrangulador.

Capítulo 8

La caza del vampiro cojo

-¡Ya, detective, yaaaa!

Campbell dio un bote en su silla con ruedas, la cual, por
 efecto del violento impulso, se desplazó hacia atrás haciendo que el inspector soltase la taza de café que hasta ese momento sostenía entre sus manos, cayendo ésta al suelo y quedando parte de su contenido desparramado sobre la consola, mientras el estridente sonido de una alarma amenazaba con taladrar los tímpanos de los dos policías.

-¡Tenga cuidado, homble! ¿Aún no sabe que la electlónica y los líquidos suelen sel incompatibles?

-¡Es que acaba de saltar la alarma! ¿Acaso está usted sordo?

-¡Yo estalé soldo, pelo usted debe estal ciego! ¡La alalma hablá saltado polque una de las cámalas de la flolistelía ha detectado algo que se mueve! ¡Mílelo en los monitoles, si es que todavía funcionan!

Pese al café vertido, los monitores seguían operativos, y en uno de ellos se podía ver lo que tenía todo el aspecto de ser una clásica escena de las películas de terror: en el interior del comercio, la primera cámara, instalada en el techo de la entrada, estaba grabando el vuelo de un murciélago de respetable tamaño que acababa de introducirse en el local y que ahora parecía buscar un rincón dónde ocultarse,  mientras la dependienta, sorprendida y atemorizada por la insólita visita, salía de la tienda a la carrera, cerrando después la puerta con llave conforme a las instrucciones que previamente le habían dado los policías.

-¡Lápido, llame a Higgins y dígale que vaya a la puelta de la flolistelía! ¡Nosotlos también vamos inmediatamente hacia allí! ¡Y que no pelmita que entle ni salga nadie pol esa puelta hasta que lleguemos!

-Pero, ¿y si mientras tanto se escapa ese demonio por una ventana o por un tragaluz?

-Esta vez no se escapalá polque ese comelcio es muy pequeño y no tiene ventanas ni tlagaluces. Sólo podlía salil pol el mismo sitio pol el que entló, y ahola la puelta está celada con llave.

-Pues vamos para allí a toda prisa antes de que ese murciélago se dé cuenta de que no hay salida y se convierta en vampiro para derribar la puerta. Dicen que los vampiros tienen mucha fuerza.

Cuando Campbell y Chu Lin llegaron a la floristería, la aterrada florista se había refugiado en el bar de la acera de enfrente, pero Higgins ya estaba haciendo guardia plantado ante la puerta con su disfraz de jirafa.

-*Ese bicho sigue revoloteando dentro de la tienda y creo que está buscando una salida, jefe.*

-*La única salida es esa puelta, así que pol mí puede seguil levoloteando hasta las plóximas Navidades. ¡Hay que ablil la puelta, entlal los tles juntos y acabal con ese asesino! Supongo que llevalán sus levólveles calgados con balas de plata...*

-*Yo sí, señor Chu Lin.*

-*Y yo también, detective, pero tendrán que entrar ustedes dos solos, porque yo no puedo entrar en una floristería.*

-*¿Tiene miedo de un mulciélago, señol Campbell?*

-*Ni de un murciélago ni de un vampiro, pero soy alérgico al polen de las flores. ¿Ya no se acuerda, señor Chu Lin?*

-*Es veldad, inspectol, había olvidado su alelgia. Es igual, no le necesitamos: ablilá la puelta el señol Higgins y yo entlalé con él. Como dice Confucio, hay que sabel sonleíl antes de ablil una tienda, y usted no sabe sonleíl, señol Campbell.*

-¡Claro que sé sonreír! ¡De lo que no me río es de sus chistes horrendos! Además, me parece que ese proverbio de Confucio con el que acaba usted de obsequiarnos se refería a abrir un nuevo negocio, no una puerta cerrada.

-¡El plovelbio se lefielía a lo que a Confucio le dio la leal gana! ¿Tiene usted la llave de la flolistelía, señol Higgins?

-¡Naturalmente, detective! Se la pedí a la florista antes de que se refugiase en el bar.

-¡Pues abla esa maldita puelta y entlemos de una puñetela vez!

Por fin había llegado el gran momento. Higgins introdujo la lleve en la cerradura de la puerta y pareció vacilar durante un instante.

-¿Qué ocule? ¿Es que no silve esa llave?

-El que no sirve soy yo, jefe. No me atrevo a abrir porque ya no veo al murciélago. ¿Y si se ha vuelto a convertir en un vampiro invisible?

-¡Apáltese de esa puelta, so inútil! ¡Yo la ablilé y usted dispale al vampilo si le ve!

-Pero jefe, ¿cómo voy a ver a un vampiro invisible?

-¡Los vampilos invisibles no existen, so bulo! ¡En cuanto yo haya abielto la puelta, entle usted y dispale si apalece algún vampilo! ¿Entendido?

-Entendido, jefe : usted dispara si ve un vampiro y yo abro si no le veo. ¡Perdón, me he hecho un lío! Quiero decir que usted abre si le ve y yo disparo si no le veo.

-¡Es usted un asno, Higgins! ¡Olvídese de quién able y quién dispala! ¡Ya he abielto yo la puelta, así que entle usted ahí ahola mismo!

Higgins, temblando como un flan, entró por fin y examinó con detenimiento todos los rincones de la estancia, pero no encontró el menor rastro de ningún murciélago ni vampiro.

-Jefe, ese vampiro debe haberse evaporado.

-¿Y no se le ha oculido pensal que puede habelse escondido en la tlastienda?

-¿También hay una trastienda en esta floristería?

-¡Natulalmente! La hay en casi todos los comelcios, pol muy pequeños que sean. ¿Qué demonios clee que puede habel tlas esa coltina loja?

-Más flores o un probador, jefe. Hay muchas tiendas con probadores.

-¡Y muchos agujelos en su celeblo, Higgins! ¿Qué utilidad podlía tenel un plobadol en una flolistelía? ¿Acaso la gente se plueba las floles que va a complal? ¡Haga el favol de entllal en esa tlastienda de una puñetela vez!

El pobre Higgins debió llegar a la conclusión de que a la fuerza ahorcan; así que traspasó la cortina y se encontró en una trastienda repleta de macetas con plantas exóticas.

-Nada, jefe: aquí solo hay flores y más flores. ¡Espere, espere! ¡Ya veo al murciélago! ¡Estaba escondido en una de las esquinas del techo!

-¡Buda nos ploteja! ¡Dispálele antes de que se convielta en vampilo!

Higgins disparó hasta cinco veces sobre el murciélago, que no paraba de revolotear, pero las balas se incrustaron en el techo sin tan siquiera rozar a la demoníaca criatura, la cual, de repente, se transformó en un horripilante vampiro y se abalanzó sobre nuestro aterrorizado policía. Presa de pánico, Higgins disparó la última bala que le quedaba, y esta vez el proyectil quedó alojado en una pierna del siniestro ser, el cual detuvo su ataque profiriendo un aullido de dolor.

-¡La madle que le palió, Higgins! ¿Cómo puede sel tan tolpe? ¡Le ha dado en una pielna! ¡Hay que dispalal a su colazón, so bolico!

Solo había sido un disparo, pero la bala era de plata, por lo que el vampiro acusó el impacto recibido en su pierna derecha cojeando ostensiblemente. Después, antes de que

 lograse reponerse para atacar a los dos policías, el detective Chu Lin, mucho mejor tirador que el torpe de Higgins, apuntó al corazón y disparó su revólver. Y nada más recibir el primer impacto, un grito infrahumano se escapó de la garganta del señor de la noche, al mismo tiempo que un remolino de viento huracanado envolvía su figura mientras se transformaba poco a poco en un bellísimo cuerpo de mujer.

-¡Que mi amo el señor de las tinieblas os condene eternamente, humanos malditos! ¡Os arrepentiréis de haberos enfrentado a Baobhan Sith!

-¡Dios bendito! ¡Si no es un vampiro: es una vampira!

-¡Quelá usted decil que ela una vampila! ¡Ahola solo es una mujel coja y dentlo de poco selá una vampila muelta!

Y nada más pronunciar esta frase, el detective Chu Lin vació el cargador logrando que las cinco balas restantes impactasen también en el corazón de la vampira, cuya imagen empezó a desvanecerse tras los siete balazos de plata recibidos: uno en una pierna, el de Higgins, y los otros seis, mortales de necesidad, disparados por Chu Lin. Con la fuerza que da la desesperación, la bestia de ultratumba profirió un último y desgarrador grito de agonía mientras su cuerpo se desintegraba en el aire hasta quedar reducido a un montón de polvo, que acabó por desaparecer convertido en una nube que despedía un pestilente olor a azufre.

Capítulo 9

Yo no redacto este informe

 La aventura parecía haber llegado a su fin. El caso estaba resuelto, porque el vampiro, o mejor dicho, la vampira, había sido enviada a los infiernos; y en Khepenna las mujeres volverían a su vida habitual sin temor a ser estranguladas por una asesina psicópata. Sin embargo, la expresión de los rostros de Campbell y Chu Lin no reflejaba precisamente felicidad cuando regresaron a la comisaría.

-*Bueno, detective: otro caso solucionado. Y éste era bastante peliagudo.*

-*Cielto, señol Campbell. ¿Quién se hubiela imaginado que el asesino en selie fuese una vampila?*

-*Pues por lo visto nos hemos cargado a Baobhan Sith, una vampira que, según la leyenda, habitaba en las Tierras Altas de Escocia. Y eso nos ha creado un gran problema: ¿cómo vamos a redactar el informe que tenemos que enviar a Scotland Yard?*

-¿Baobhan Sith ela una vampila escocesa?

-Todo coincide con la descripción que los antiguos relatos hacen de ella: una mujer muy bella, alta, de complexión musculosa y con unos movimientos fluidos, como si flotase y sus pies nunca tocaran el suelo al andar.

-¡Naturalmente! ¡Eso explica por qué no encontramos ni rastro de sus pisadas sobre el suelo enharinado de la farmacia!

-¡Así es, señol Higgins! Lo que no acabo de entendel es pol qué estlangulaba a sus víctimas. Los vampilos mueldet y chupan la sangle, no estlangulan.

-Eso es lo que suelen hacer los vampiros normales, detective Chu Lin, pero Baobhan Sith no era una vampira normal: poseía la facultad de cambiar apariencia para que nadie pudiese reconocerla, avisaba siempre a sus víctimas antes de matarlas y las estrangulaba para que sufriesen más. Ese ritual formaba parte de su cruel venganza.

-¡Clalo! ¡Pol eso apalecía siemple en folma de vampilo, en lugal de vampila! Pelo ¿de qué quelía vengalse y pol qué solo atacaba a mujeles?

-Si hacemos caso de las leyendas, parece ser que Baobhan Sith se enamoró perdidamente de un vampiro con el que formó una pareja romántica durante diez años. Hasta el desafortunado día en el que una mujer caza vampiros

descubrió la cripta en la que dormía su amor dentro de un ataúd, le clavó una estaca en el corazón y acabó con el vampiro. Desde aquel fatídico día, Baobhan Sith juró vengarse y se dedicó en cuerpo y alma a matar a diez mujeres cada vez que aparecía en una localidad.

-*¿Y por qué precisamente a diez mujeres, jefe?*

-*Decía Baobhan Sith que estrangularía a una humana por cada uno de los años de felicidad que ya jamás recuperaría por culpa de la mujer que había dado muerte a su amado.*

-*Palece lógico: cuando Baobhan Sith decidía visital un pueblo escocés, los diez años de su felicidad peldida los quelía compelsal con el asesinato de diez mujeles.*

Durante unos breves instantes, los tres policías se quedaron pensativos e impresionados por esa terrible historia de amor y venganza. Finalmente, el detective Chu Lin comunicó a Higgins y Campbell lo que por primera vez en su larga carrera de investigador había decidido dejar de hacer:

-*Lo siento mucho, compañelos, pelo tendlán ustedes que inventar lo que vamos a decil a Londles, polque yo me siento incapaz de ledactal este infolme.*

Epílogo

Al Reino Unido se le considera uno de los lugares más misteriosos de Europa, y no precisamente por su sombrío

clima, en el que predominan la niebla y la lluvia, o por sus históricas edificaciones, como, por ejemplo, los castillos medievales, sino más bien por sus terroríficas historias de leyenda. Unas historias que han llevado al

doctor Emyr Williams, profesor de psicología en la prestigiosa Universidad de Glyndwr, a afirmar que el Reino Unido es la residencia secreta de quince mil señores de la noche. En los últimos cien años se han producido más de doscientos casos de encuentros con vampiros, curiosamente los mismos casos que ha habido en el mismo periodo de tiempo en Rumania, el país originario del mito del Conde Drácula.

El investigador Lionel Fanthorpe estudió unos once mil doscientos informes de fenómenos paranormales ocurridos a partir de 1914, de los que más de doscientos hacían referencia a encuentros con vampiros. De esos once mil doscientos casos de actividad paranormal que ha habido en el último siglo en el Reino Unido, el condado inglés de Yorkshire es el que encabeza esa lista con seiscientos sucesos inexplicables, seguido por Londres con quinientos sesenta y siete, Lancashire con quinientos once, Essex con cuatrocientos setenta y cinco y Sussex con cuatrocientos diecisiete.

Entre todos los sucesos relacionados con los vampiros en el Reino Unido, uno de los más recientes fue el conocido como el caso del vampiro de Birmingham, en enero de 2005, cuando varios habitantes de las zonas de Birmingham Saltley, Small Heath y Alum Rock relataron que habían visto a un ser nocturno con afilados colmillos y que tenía una fuerza sobrenatural. Otro caso llamativo ocurrió en 1938, cuando una mujer residente en la zona de Thornton Heath, del Gran Londres, afirmó haber sido perseguida en tres ocasiones por una especie de vampiro.

Sin embargo, uno de los casos más famosos de la historia vampírica de Inglaterra fue el acontecido en la reciente década de los 60: un vampiro del camposanto de Highgate, un ser sobrenatural que, según la prensa de la época, atacó a varios ciudadanos que vivían cerca de ese cementerio. Al parecer, el vampiro de Highgate era un noble medieval que

practicó la magia negra en la región rumana de Valaquia y al que algunos de sus seguidores transportaron a Inglaterra en 1800 dentro de un ataúd para enterrarlo en el lugar que después se convertiría en el cementerio de Highgate, donde descansó hasta el infausto día en que un grupo de satanistas le invocó y le volvió de nuevo a la vida.

Por lo que respecta a Escocia, país en el que se desarrollan las aventuras del inspector Chu Lin, protagonista de esta saga detectivesca, la prensa de Glasgow informó en 1954 sobre la presencia de un ser sobrenatural, un supuesto vampiro, que fue avistado por un grupo de aterrorizados estudiantes locales, quienes afirmaron a la policía local haber visto a un vampiro de afilados colmillos succionando la sangre de dos niños pequeños.

Según muchos escritores actuales, cuya opinión comparte el autor de la fantasía que usted acaba de leer, el mito del vampirismo continúa vigente en pleno siglo XXI, y al parecer aún le queda cuerda para rato.

ÍNDICE

20694524R00043

Printed in Great Britain
by Amazon